LA MORT DE CÉSAR,

TRAGÉDIE EN TROIS ACTES,

DE VOLTAIRE,

AVEC les changemens fait par le Citoyen GOHIER, *Ministre de la Justice ;*

Représentée au Théâtre de la République, à Paris.

A COMMUNE-AFFRANCHIE,
Chez L. CUTTY, Imprimeur, Place et Maison de la Charité.

L'AN SECOND DE LA RÉPUBLIQUE.

ACTEURS.

JULES-CÉSAR, Dictateur.

MARC-ANTOINE, Consul.

JUNIUS BRUTUS, Préteur.

CASSIUS,	Sénateurs.
CIMBER,	
DÉCIMUS,	
CINNA,	
DOLABELLA,	
CASCA,	

LES ROMAINS.

LICTEURS.

La Scène est à Rome, au Capitole.

LA MORT DE CÉSAR, TRAGÉDIE.

ACTE PREMIER.

SCÈNE PREMIÈRE.

CÉSAR, ANTOINE.

ANTOINE.

CÉSAR, tu vas régner, voici le jour auguste
Où le peuple Romain, pour toi toujours injuste,
Disposé par nos soins, va reconnaître en toi
Son vainqueur, son appui, son vengeur et son roi.
Antoine, tu le sais, ne connaît point l'envie.
J'ai chéri, plus que toi, la gloire de ta vie :
J'ai préparé la chaîne où tu mets les Romains,
Content d'être sous toi le second des humains ;
Plus fier de t'attacher ce nouveau diadème,
Plus grand de te servir que de régner moi-même.
Quoi ! tu ne me réponds que par de longs soupirs !
Ta grandeur fait ma joie, et fait tes déplaisirs !
Roi de Rome et du monde, est-ce à toi de te plaindre ?
César peut-il gémir, ou César pourroit-il craindre ?
Qui peut à ta grande ame, inspirer la terreur,

CÉSAR.

L'amitié, cher Antoine ; il faut t'ouvrir mon cœur.
Tu sais que je te quitte, et le destin m'ordonne
De porter nos drapeaux aux champs de Babylonne.
Je pars et vais venger, sur le Parthe inhumain,
La honte de Crassus et du peuple Romain.
L'aigle des légions que je retiens encore,
Demande à s'envoler vers les mers du Bosphore ;
Et mes braves soldats n'attendent pour signal
Que de revoir mon front ceint du bandeau royal.

Peut-être avec raison César peut entreprendre
D'attaquer un pays qu'a soumis Alexandre.
Peut-être les Gaulois, Pompée et les Romains
Valent bien les Persans subjugués par ses mains.
J'ose au moins le penser, et ton ami se flatte
Que le vainqueur du Rhin peut l'être sur l'Euphrate.
Mais cet espoir m'anime et ne m'aveugle pas;
Le sort peut se lasser de marcher sur mes pas:
La plus haute sagesse en est souvent trompée,
Il peut quitter César, ayant trahi Pompée:
Et dans les factions comme dans les combats,
Du triomphe à la chûte il n'est souvent qu'un pas.
J'ai servi, commandé, vaincu quarante années;
Du monde entre mes mains j'ai vu les destinées;
Et j'ai toujours connu qu'en chaque événement
Le destin des états dépendait d'un moment.
Quoiqu'il puisse arriver, mon cœur n'a rien à craindre;
Je vaincrai sans orgueil, ou mourrai sans me plaindre;
Mais j'exige en partant, de ta tendre amitié,
Qu'Antoine à mes enfans soit pour jamais lié:
Que Rome par mes mains défendue et conquise,
Que la terre à mes fils comme à toi soit soumise;
Et qu'emportant d'ici le grand titre de roi,
Mon sang et mon ami le prennent après moi.
Je te laisse aujourd'hui ma volonté dernière;
Antoine, à mes enfans il faut servir de père.
Je ne veux point de toi demander des sermens,
De la foi des humains sacrés et vains garans;
Ta promesse suffit, et je la crois plus pure
Que les autels des dieux entourés du parjure.

ANTOINE.

C'est déjà pour Antoine une assez dure loi
Que tu cherches la guerre et le trépas sans moi,
Et que ton intérêt m'attache à l'Italie,
Quand la gloire t'appelle aux bornes de l'Asie:
Je m'afflige encor plus de voir que ton grand cœur
Doute de sa fortune, et présage un malheur.
Mais je ne comprends point ta bonté qui m'outrage;
César, que me dis-tu de tes fils, de partage?
Tu n'as de fils qu'Octave, et nulle adoption
N'a d'un autre César appuyé ta maison.

CÉSAR.

Il n'est plus temps, ami de cacher l'amertume
Dont mon cœur paternel en secret se consume,

Octave n'est mon sang qu'à la faveur des loix ;
Je l'ai nommé César, il est fils de mon choix.
Le destin, dois-je dire ou propice ou sévère,
D'un véritable fils en effet m'a fait père,
D'un fils que je chéris ; mais qui, pour mon malheur,
A ma tendre amitié répond avec horreur.

ANTOINE.

Et quel est cet enfant ? Quel ingrat peut-il être
Si peu digne du sang dont les dieux l'ont fait naître ?

CÉSAR.

Écoute : tu connais ce malheureux Brutus,
Dont Caton cultiva les farouches vertus ;
De nos antiques loix ce défenseur austère,
Ce rigide ennemi du pouvoir arbitraire,
Qui toujours contre moi les armes à la main,
De tous mes ennemis a suivi le destin ;
Qui fut mon prisonnier aux champs de Thessalie,
A qui j'ai, malgré lui, deux fois sauvé la vie,
Né, nourri loin de moi chez mes fiers ennemis.

ANTOINE.

Brutus ! il se pourroit....

CÉSAR.

Ne m'en crois pas. Tiens, lis.

ANTOINE.

Dieux ! la sœur de Caton, la fière Servilie !

CÉSAR.

Par un hymen secret elle me fut unie.
Ce farouche Caton, dans nos premiers débats,
La fit presqu'à mes yeux passer en d'autres bras.
Mais le jour qui forma ce second hyménée,
De son nouvel époux trancha la destinée.
Sous le nom de Brutus mon fils fut élevé.
Pour me haïr, ô ciel ! était-il réservé ?
Mais lis, tu sauras tout par cet écrit funeste.

ANTOINE. *Il lit.*

César, je vais mourir. La colère céleste
Va finir à la fois ma vie et mon amour :
Souviens-toi qu'à Brutus César donna le jour.
Adieu. Puisse ce fils éprouver pour son père
L'amitié qu'en mourant te conservait sa mère !

Servilie.

Quoi ! faut-il que du sort la tyrannique loi,
César, te donne un fils si peu semblable à toi !

CÉSAR.

Il a d'autres vertus ; son superbe courage
Flatte en secret le mien, même alors qu'il l'outrage.
Il m'irrite, il me plaît. Son cœur indépendant
Sur mes sens étonnés prend un fier ascendant.
Sa fermeté m'impose, et l'excuse même
De condamner en moi l'autorité suprême.
Soit qu'étant homme et père, un charme séducteur
L'excusant à mes yeux, me trompe en sa faveur :
Soit qu'étant né Romain, la voix de ma patrie
Me parle malgré moi contre ma tyrannie,
Et que la liberté que je viens d'opprimer,
Plus forte encor que moi, me condamne à l'aimer.
Te dirai-je encore plus ? si Brutus me doit l'être,
S'il est fils de César, il doit haïr un maître.
J'ai pensé comme lui dès mes plus jeunes ans,
J'ai détesté Sylla, j'ai haï les tyrans.
J'eusse été citoyen, si l'orgueilleux Pompée
N'eût voulu m'opprimer sous sa gloire usurpée.
Né fier, ambitieux, mais né pour les vertus,
Si je n'étais César, j'aurais été Brutus.
Tout homme à son état doit plier son courage.
Brutus tiendra bientôt un différent langage,
Quand il aura connu de quel sang il est né.
Crois-moi, le diadême à son front destiné
Adoucira dans lui sa rudesse importune ;
Il changera de mœurs en changeant de fortune ;
La nature, le sang, mes bienfaits, tes avis,
Le devoir, l'intérêt, tout me rendra mon fils.

ANTOINE.

J'en doute. Je connais sa fermeté farouche :
La secte dont il est n'admet rien qui le touche.
Cette secte intraitable, et qui fait vanité
D'endurcir les esprits contre l'humanité,
Qui dompte et foule aux pieds la nature irritée,
Parle seule à Brutus, et seule est écoutée
Ces préjugés affreux, qu'ils appellent devoir,
Ont sur ces cœurs de bronze un absolu pouvoir.
Caton même, Caton, ce malheureux stoïque,
Ce héros forcené, la victime d'Utique,
Qui fuyant un pardon qui l'eût humilié,
Préféra la mort même à ta tendre amitié ;
Caton fut moins altier, moins dur et moins à craindre,
Que l'ingrat qu'à t'aimer ta bonté veut contraindre.

CÉSAR.

Cher ami, de quels coups tu viens de me frapper!
Que m'as-tu dit?

ANTOINE.

Je t'aime et ne te puis tromper.

CÉSAR.

Le tems amollit tout.

ANTOINE.

Mon cœur en désespère.

CÉSAR.

Quoi? sa haine?...

ANTOINE.

Crois-moi.

CÉSAR.

N'importe; je suis père.
J'ai chéris, j'ai sauvé mes plus grands ennemis,
Je veux me faire aimer de Rome et de mon fils;
Et conquérant des cœurs vaincus par ma clémence,
Voir la terre et Brutus adorer ma puissance.
C'est à toi de m'aider dans de si grands desseins.
Tu m'as prêté ton bras pour dompter les humains,
Dompte aujourd'hui Brutus, adoucis son courage;
Prépare par degrés cette vertu sauvage
Au secret important qu'il lui faut révéler,
Et dont mon cœur encor hésite à lui parler.

ANTOINE.

Je ferai tout pour toi; mais j'ai peu d'espérance.

SCÈNE II.

CÉSAR, ANTOINE, DOLABELLA.

DOLABELLA.

César, les Sénateurs attendent audience,
A ton ordre suprême ils se rendent ici.

CÉSAR.

Ils ont tardé long-tems.... Qu'ils entrent.

ANTOINE.

Les voici.
Que je lis sur leur front de dépit et de haine!

SCÈNE III.

CÉSAR, ANTOINE, BRUTUS, CASSIUS, CIMBER, DÉCIMUS, CINNA, CASCA, etc. LICTEURS.

CÉSAR *assis.*

VENEZ, dignes soutiens de la grandeur Romaine,
Compagnons de César. Approchez, Cassius,
Cimber, Cinna, Décime, et toi, mon cher Brutus;
Enfin, voici le tems, si le ciel me séconde,
Où je vais achever la conquête du monde,
Et voir dans l'Orient le trône de Cyrus
Satisfaire en tombant aux mânes de Crassus.
Il est tems d'ajouter, par le droit de la guerre,
Ce qui manque aux Romains des trois parts de la terre.
Tout est prêt, tout prévu pour ce vaste dessein,
L'Euphrate attend César, et je pars dès demain.
Brutus et Cassius me suivront en Asie,
Antoine retiendra la Gaule et l'Italie.
De la mer Atlantique et des bords du Bétis,
Cimber gouvernera les rois assujettis.
Je donne à Décimus la Grèce et la Lycie,
A Marcellus le Pont, à Casca la Syrie.
Ayant ainsi réglé le sort des nations,
Et laissant Rome heureuse et sans divisions,
Il ne reste au Sénat qu'à juger sous quel titre
De Rome et des Romains je dois être l'arbitre.
Sylla fut honoré du nom de dictateur,
Marius fut consul, et Pompée empereur.
J'ai vaincu le dernier, et c'est assez vous dire,
Qu'il faut un nouveau nom pour un nouvel empire;
Un nom plus grand, plus saint, moins sujet aux revers,
Autrefois craint dans Rome, et cher à l'univers.
Un bruit trop confirmé se répand sur la terre,
Qu'envain Rome aux Persans ose faire la guerre;
Qu'un roi seul peut les vaincre et leur donner la loi;
César va l'entreprendre et César n'est pas roi.
Il n'est qu'un citoyen fameux par ses services,
Qui peut du peuple encore essuyer les caprices....
Romains, vous m'entendez, vous savez mon espoir.
Songez à mes bienfaits, songez à mon pouvoir.

CIMBER.

César, il faut parler. Ces sceptres, ces couronnes,
Ce fruit de nos travaux, l'univers que tu donnes,
Seraient aux yeux du peuple et du Sénat jaloux,
Un outrage à l'état plus qu'un bienfait pour nous.
Marius ni Sylla, ni Carbon, ni Pompée,
Dans leur autorité sur le peuple usurpée,
N'ont jamais prétendu disposer à leur choix
Des conquêtes de Rome et nous parler en rois.
César, nous attendions de ta clémence auguste
Un don plus précieux, une faveur plus juste,
Au-dessus des états donnés par ta bonté.....

CÉSAR.

Qu'oses-tu demander, Cimber?

CIMBER.

La liberté.

CASSIUS.

Tu nous l'avais promise, et tu juras toi-même
D'abolir pour jamais l'autorité suprême;
Et je croyais toucher à ce moment heureux,
Où le vainqueur du monde allait combler nos vœux.
Fumante de son sang, captive et désolée,
Rome dans cet espoir renaissait consolée.
Avant que d'être à toi nous sommes ses enfans;
Je songe à ton pouvoir, mais songe à tes sermens.

BRUTUS.

Oui, que César soit grand, mais que Rome soit libre.
Dieux! maîtresse de l'Inde, esclave au bord du Tibre!
Qu'importe que son nom commande à l'univers,
Et qu'on l'appelle reine alors qu'elle est aux fers?
Qu'importe à ma patrie, aux Romains que tu braves,
D'apprendre que César a de nouveaux esclaves?
Les Persans ne sont point nos plus grands ennemis;
Il en est de plus grands. Je n'ai point d'autre avis.

CÉSAR.

Et toi, Brutus, aussi?

ANTOINE *à César.*

Tu connais leur audace:
Vois si ces cœurs ingrats sont dignes de leur grace.

CÉSAR.

Ainsi vous voulez donc dans vos témérités
Tenter ma patience, et lasser mes bontés?
Vous qui m'appartenez par le droit de l'épée,
Rampans sous Marius, esclaves de Pompée;

Vous qui ne respirez qu'autant que mon couroux
Retenu trop long-tems s'est arrêté sur vous ;
Républicains ingrats, qu'enhardit ma clémence,
Vous, qui devant Sylla garderiez le silence ;
Vous, que ma bonté seule invite à m'outrager,
Sans craindre que César s'abaisse à se venger :
Voilà ce qui vous donne une ame assez hardie
Pour oser me parler de Rome et de patrie,
Pour affecter ici cette illustre hauteur,
Et ces grands sentimens devant votre vainqueur.
Il les fallait avoir aux plaines de Pharsale :
La fortune entre nous devient trop inégale.
Si vous n'avez su vaincre, apprenez à servir.

BRUTUS.

César, aucun de nous n'apprendra qu'à mourir :
Nul ne m'en désavoue, et nul en Thessalie
N'abaissa son courage à demander la vie.
Tu nous laissas le jour, mais pour nous avilir,
Et nous le détestons s'il te faut obéir.
César, qu'à ta colère aucun de nous n'échappe :
Commence ici par moi, si tu veux régner, frappe.

CÉSAR.

Ecoute.... et vous, sortez. (1) Brutus m'ose offenser !
Mais sais-tu de quels traits tu viens de me percer ?
Va, César est bien loin d'en vouloir à ta vie.
Laisse-là du Sénat l'indiscrete furie.
Demeure. C'est toi seul qui peut me désarmer.
Demeure. C'est toi seul que César veut aimer.

BRUTUS.

Tout mon sang est à toi, si tu tiens ta promesse.
Si tu n'est qu'un tyran, j'abhorre ta tendresse;
Et je ne peux rester avec Antoine et toi,
Puisqu'il n'est plus Romain, et qu'il demande un roi.

---

(1) Les Sénateurs sortent.

SCÈNE IV.

CÉSAR, ANTOINE.

ANTOINE.

Eh bien ! t'ai-je trompé ? Crois-tu que la nature
Puisse amollir un ame, et si fiere et si dure ?
Laisse, laisse à jamais dans son obscurité
Ce secret malheureux qui pèse à ta bonté.
Que de Rome, s'il veut, il déplore la chûte ;
Mais qu'il ignore au moins quel sang il persécute.
Il ne mérite pas de te devoir le jour.
Ingrat à tes bontés, ingrat à ton amour,
Renonce-le pour fils.

CÉSAR.

Je ne le puis, je l'aime.

ANTOINE.

Ah ! cesse donc d'aimer l'orgueil du diadême ;
Descends donc de ce rang où je te vois monté :
La bonté convient mal à ton autorité,
De ta grandeur naissante elle détruit l'ouvrage.
Quoi ? Rome est sous tes loix, et Cassius t'outrage ?
Quoi ? Cimber ? quoi ? Cinna ? ces obscurs Sénateurs
Aux yeux du roi du monde affectent ces hauteurs ?
Ils bravent ta puissance, et ces vaincus respirent ?

CÉSAR.

Ils sont nés mes égaux ; mes armes les vainquirent,
Et trop au-dessus d'eux, je leur puis pardonner
De frémir sous le joug que je veux leur donner.

ANTOINE.

Marius de leur sang eut été moins avare.
Sylla les eut punis.

CÉSAR.

Sylla fut un barbare ;
Il n'a su qu'opprimer. Le meurtre et la fureur
Faisaient sa politique, ainsi que sa grandeur.
Il a gouverné Rome au milieu des supplices ;
Il en était l'effroi, j'en serai les délices.
Je sais quel est le peuple ; on le change en un jour ;
Il prodigue aisément sa haine et son amour :
Si ma grandeur l'aigrit, ma clémence l'attire.

Un pardon politique à qui ne me peut nuire ;
Dans mes chaînes qu'il porte, un air de liberté
A ramené vers moi sa faible volonté.
Il faut couvrir de fleurs l'abîme où je l'entraîne ;
Flatter encor ce tigre à l'instant qu'on l'enchaîne,
Lui plaire en l'accablant, l'asservir, le charmer,
Et punir mes rivaux en me faisant aimer.

ANTOINE.

Il faudrait être craint : c'est ainsi que l'on règne.

CÉSAR.

Va, ce n'est qu'aux combats que je veux qu'on me craigne.

ANTOINE.

Le peuple abusera de ta facilité.

CÉSAR.

Le peuple a jusqu'ici consacré ma bonté :
Vois ce temple que Rome élève à ma clémence.

ANTOINE.

Crains qu'elle n'en élève un autre à la vengeance ;
Crains des cœurs ulcérés, nourris de désespoir,
Idolâtres de Rome, et cruels par devoir.
Cassius allarmé prévoit qu'en ce jour-même
Ma main doit sur ton front mettre le diadême ;
Déjà même à tes yeux on ose murmurer :
Des plus impétueux tu devrais t'assurer.
A prévenir leurs coups daigne au moins te contraindre.

CÉSAR.

Je les aurais punis si je les pouvais craindre.
Ne me conseille point de me faire haïr ;
Je sais combattre, vaincre, et ne sais point punir.
Allons, et n'écoutant ni soupçon ni vengeance,
Sur l'univers soumis régnons sans violence.

Fin du premier Acte.

ACTE II.

SCÈNE PREMIÈRE.

BRUTUS, ANTOINE, DOLABELLA.

ANTOINE.

Ce superbe refus, cette animosité,
Marquent moins de vertus que de férocité.
Les bontés de César, et surtout sa puissance,
Méritaient plus d'égards et plus de complaisance:
A lui parler du moins vous pourriez consentir.
Vous ne connaissez pas qui vous osez haïr,
Et vous en frémiriez si vous pouviez apprendre....

BRUTUS.

Ah! je frémis déjà; mais c'est de vous entendre.
Ennemi des Romains que vous avez vendus,
Pensez-vous ou tromper ou corrompre Brutus?
Allez ramper sans moi sous la main qui vous brave;
Je sais tous vos desseins, vous brûlez d'être esclave.
Vous voulez un monarque, et vous êtes Romain!

ANTOINE.

Je suis ami, Brutus, et porte un cœur humain.
Je ne recherche point une vertu plus rare:
Tu veux être un héros, mais tu n'es qu'un barbare,
Et ton farouche orgueil, que rien ne peut fléchir,
Embrassa la vertu pour la faire haïr.

SCÈNE II

BRUTUS, *seul.*

Quelle bassesse, ô ciel! et quelle ignominie!
Voilà donc les soutiens de ma triste patrie!
Voilà vos successeurs, Horace, Décius,
Et toi, vengeur des loix, toi mon sang, toi Brutus,
Quels restes, justes dieux, de la grandeur Romaine!
Chacun baise en tremblant la main qui nous enchaîne.

César nous a ravi jusqu'à nos vertus ;
Et je cherche ici Rome et ne la trouve plus.
Vous que j'ai vu périr, vous, immortels courages ;
Héros dont en pleurant j'apperçois les images,
Famille de Pompée, et toi, divin Caton,
Toi, dernier des héros du sang de Scipion :
Vous ranimez en moi ces vives étincelles
Des vertus dont brillaient vos ames immortelles.
Vous vivez dans Brutus, vous mettez dans mon sein
Tout l'honneur qu'un tyran ravit au nom Romain.
Que vois-je, grand Pompée, au pied de ta statue ?
Quel billet, sous mon nom, se présente à ma vue ?
Lisons (1) : *Tu dors, Brutus, et Rome est dans les fers ?*
Rome, mes yeux sur toi seront toujours ouverts ;
Ne me reproche point des chaînes que j'abhorre.
Mias quel autre billet à mes yeux s'offre encore !
Non, tu n'es pas Brutus. Ah ! reproche cruel !
César ! tremble, tyran : voilà ton coup mortel.
Non, tu n'es pas Brutus. Je le suis, je veux l'être.
Je périrai, Romains, ou vous serez sans maître.
Je vois que Rome encor a des cœurs vertueux.
On demande un vengeur, on a sur moi les yeux :
On excite cette ame, et cette main trop lente :
On demande du sang.... Rome sera contente.

SCÈNE III

BRUTUS, CASSIUS, CINNA, CASCA, DÉCIMUS, Suite.

CASSIUS.

Je t'embrasse, Brutus, pour la dernière fois.
Amis, il faut tomber sous les débris des loix.
De César désormais je n'attends plus de grace,
Il sait mes sentimens, il connaît notre audace.
Notre ame incorruptible étonne ses desseins ;
Il va perdre dans nous les derniers des Romains.
C'en est fait, mes amis, il n'est plus de patrie,
Plus d'honneur, plus de loix, Rome est annéantie :
De l'univers et d'elle il triomphe aujourd'hui.
Nos imprudens ayeux n'ont vaincu que pour lui.

---

(1) Il prend le billet.

Ces dépouilles des rois, ces sceptres de la terre,
Six cens ans de vertus, de travaux et de guerre :
César jouit de tout, et dévore le fruit
Que six siécles de gloire à peine avaient produit.
Ah! Brutus! es-tu né pour servir sous un maître?
La liberté n'est plus.

BRUTUS.

Elle est prête à renaître.

CASSIUS.

Que dis-tu?.. Mais quel bruit vient frapper mes esprits!

BRUTUS.

Laisse-là ce vil peuple et ses indignes cris.

CASSIUS.

La liberté, dis-tu?... Mais quoi!... le bruit redouble.

SCÈNE IV.

BRUTUS, CASSIUS, CIMBER, CINNA, CASCA, DÉCIMUS.

CASSIUS.

Ah! Cimber, est-ce toi? parle, quel est ce trouble?

DÉCIMUS.

Trame-t-on contre Rome un nouvel attentat?
Qu'a-t-on fait? qu'as-tu vu?

CIMBER.

La honte de l'état.
César était au temple, et cette fière idole
Semblait être le dieu qui tonne au Capitole.
C'est-la qu'il annonçait son superbe dessein
D'aller joindre la Perse à l'empire Romain.
On lui donnait le nom de foudre de la guerre,
De vengeur des Romains, de vainqueur de la terre.
Mais parmi tant d'éclat, son orgueuil impudent
Voulait un autre titre, et n'était pas content.
Enfin, parmi ces cris et ces chants d'allégresse,
Du peuple qui l'entoure, Antoine fend la presse;
Il entre : ô honte! ô crime indigne d'un Romain!
Il entre, la couronne et le sceptre à la main.
On se tait; on frémit; lui, sans que rien l'étonne,
Sur le front de César attache la couronne;

Et soudain devant lui se mettant à genoux;
César, régnes, dit-il, sur la terre et sur nous.
Des Romains à ces mots les visages pâlissent,
De leurs cris douloureux les voûtes retentissent.
J'ai vu des citoyens s'enfuir avec horreur,
D'autres rougir de honte et pleurer de douleur.
César, qui cependant lisait sur leur visage
De l'indignation l'éclatant témoignage,
Feignant des sentimens long-tems étudiés,
Jette et sceptre et couronne, et les foule à ses pieds.
Alors tout se croit libre, alors tout est en proie
Au fol enivrement d'une indiscrette joie.
Antoine est alarmé : César feint et rougit;
Plus il cèle son trouble, et plus on l'applaudit.
La modération sert de voile à son crime :
Il affecte à regrêt un refus magnanime.
Mais malgré ses efforts il frémissait tout bas
Qu'on applaudît en lui les vertus qu'il n'a pas.
Enfin ne pouvant plus retenir sa colère,
Il sort du Capitole avec un front sévère.
Il veut que dans une heure on s'assemble au Sénat.
Dans une heure, Brutus, César change l'état.
De ce Sénat sacré la moitié corrompue
Ayant acheté Rome, à César l'a vendue,
Plus lâche que ce peuple, à qui dans son malheur
Le nom de roi du moins fait toujours quelque horreur.
César déjà trop roi, veut encor la couronne :
Le peuple la refuse, et le Sénat la donne;
Que faut-il faire enfin, héros qui m'écoutez;

CASSIUS.

Mourir, finir des jours dans l'opprobre comptés.
J'ai traîné les liens de mon indigne vie,
Tant qu'un peu d'espérance a flatté ma patrie.
Voici son dernier jour, et du moins Cassius
Ne doit plus respirer lorsque l'état n'est plus.
Pleure qui voudra Rome, et lui reste fidelle;
Je ne peux la venger, mais j'expire avec elle;
Oui, je saurai mourir..... Pompée et Scipion,

En regardant leurs statues.

Il est tems de vous suivre et d'imiter Caton.

BRUTUS.

Non, n'imitons personne, et servons tous d'exemple;
C'est nous, braves amis, que l'univers contemple,

C'est

C'est à nous de répondre à l'admiration
Que Rome en expirant conserve à notre nom.
Si Caton m'avait cru, plus juste en sa furie,
Sur César expirant il eût perdu la vie;
Mais il tourna sur soi ses innocentes mains:
Sa mort fut inutile au bonheur des humains.
Faisant tout pour la gloire, il ne fit rien pour Rome,
Et c'est la seule faute où tomba ce grand homme.

CASSIUS.

Que veux-tu donc qu'on fasse en un tel désespoir?

BRUTUS *montrant le billet.*

Voilà ce qu'on m'écrit, voilà notre devoir.

CASSIUS.

On m'en écrit autant, j'ai reçu ce reproche.

BRUTUS.

C'est trop le mériter.

CIMBER.

L'heure fatale approche.
Dans une heure un tyran détruit le nom Romain.

BRUTUS.

Dans une heure à César il faut percer le sein.

CASSIUS.

Ah! je te reconnais à cette noble audace.

DÉCIMUS.

Ennemi des tyrans, et digne de ta race,
Voilà les sentimens que j'avais dans mon cœur.

CASSIUS.

Tu me rends à moi-même, et je t'en dois l'honneur;
C'est-là ce qu'attendaient ma haine et ma colère
De la mâle vertu qui fait ton caractère.
C'est Rome qui t'inspire en des desseins si grands:
Ton nom seul est l'arrêt de la mort des tyrans.
Lavons, mon cher Brutus, l'opprobre de la terre,
Vengeons ce capitole au défaut du tonnerre.
Toi, Cimber, toi, Cinna, vous, Romains indomptés,
Avez-vous une autre ame et d'autres volontés?

CIMBER.

Nous pensons comme toi, nous méprisons la vie,
Nous détestons César, nous aimons la patrie,
Nous la vengerons tous; Brutus et Cassius
De quiconque est Romain raniment les vertus.

DÉCIMUS.

Nés juges de l'état, nés les vengeurs du crime,
C'est souffrir trop long-tems la main qui nous opprime;

Et quand sur un tyran nous suspendons nos coups,
Chaque instant qu'il respire est un crime pour nous.

CIMBER.

Admettrons-nous quelqu'autre à ces honneurs suprêmes?

BRUTUS.

Pour venger la patrie il suffit de nous-mêmes.
Dolabella, Lépide, Émile, Bibulus,
Qui tremblent sous César ou bien lui sont vendus;
Cicéron, qui d'un traître a puni l'insolence,
Ne sert la liberté que par son éloquence;
Hardi dans le Sénat, faible dans le danger,
Fait pour haranguer Rome, et non pour la venger.
Laissons à l'orateur qui charme sa patrie,
Le soin de nous louer, quand nous l'aurons servie.
Non, ce n'est qu'avec vous que je veux partager
Cet immortel honneur et ce pressant danger.
Dans une heure au Sénat le tyran doit se rendre;
Là je le punirai; là je le veux surprendre;
Là je veux que ce fer enfoncé dans son sein,
Venge Caton, Pompée et le peuple Romain.
C'est hasarder beaucoup. Ses ardens satellites
Par-tout du capitole occupent les limites;
Ce peuple mou, volage et facile à fléchir,
Ne sait s'il doit encor l'aimer ou le haïr.
Notre mort, mes amis, paraît inévitable;
Mais qu'une telle mort est noble et desirable!
Qu'il est beau de périr dans des desseins si grands;
De voir couler son sang dans le sang des tyrans!
Qu'avec plaisir alors on voit sa dernière heure!
Mourons, braves amis, pourvu que César meure,
Et que la liberté qu'oppriment ses forfaits,
Renaisse de sa cendre, et revive à jamais.

CASSIUS.

Ne balançons donc plus, courons au capitole;
C'est-là qu'il nous opprime, et qu'il faut qu'on l'immole.
Ne craignons rien du peuple, il semble encor douter;
Mais si l'idole tombe, il va la détester.

BRUTUS.

Jurez donc avec moi, jurez sur cette épée,
Par le sang de Caton, par celui de Pompée,
Par les mânes sacrés de tous ces vrais Romains
Qui dans les champs d'Affrique ont finis leurs destins;
Jurez par tous les dieux, vengeurs de la patrie,
Que César sous vos coups va terminer sa vie.

CASSIUS.

Faisons plus, mes amis, jurons d'exterminer
Quiconque ainsi que lui prétendra gouverner :
Fussent nos propres fils, nos frères et nos pères ;
S'ils sont tyrans, Brutus, ils sont nos adversaires.
Un vrai républicain n'a pour père ou pour fils,
Que l'honneur, la vertu, les loix et son pays.

BRUTUS.

Oui, j'unis pour jamais mon sang avec le vôtre.
Tous, dès ce moment même, adoptés l'un par l'autre ;
Le salut de l'état nous a rendu parens ;
Scellons notre union du sang de nos tyrans.

Il s'avance vers la statue de Pompée.

Nous le jurons par vous, héros dont les images
A ce pressant devoir excitent nos courages,
Nous promettons, Pompée, à tes sacrés genoux,
De faire tout pour Rome, et jamais rien pour nous ;
D'être unis pour l'état, qui dans nous se rassemble ;
De vivre, de combattre et de mourir ensemble.
Allons, préparons-nous, c'est trop nous arrêter.

SCÈNE V.

CÉSAR, BRUTUS.

CÉSAR.

Demeure ; c'est ici que tu dois m'écouter.
Où vas-tu, malheureux ?

BRUTUS.

Loin de la tyrannie.

CÉSAR.

Licteurs, qu'on le retienne.

BRUTUS.

Achève et prends ma vie.

CÉSAR.

Brutus, si ma colère en voulait à tes jours,
Je n'aurais qu'à parler, j'aurais fini leur cours.
Tu l'as trop mérité. Ta fière ingratitude
Se fait de m'offenser une farouche étude.
Je te retrouve encor avec ceux des Romains
Dont j'ai plus soupçonné les perfides desseins ;
Avec ceux qui tantôt ont osé me déplaire,
Ont blâmé ma conduite, ont bravé ma colère.

BRUTUS.

Ils parlaient en Romains, César, et leurs avis,
Si les dieux t'inspiraient, seraient encor suivis.

CÉSAR.

Je souffre ton audace, et consens à t'entendre;
De mon rang avec toi je me plais à descendre :
Que me reproches-tu ?

BRUTUS.

Le monde ravagé,
Le sang des nations, ton pays saccagé;
Ton pouvoir, tes vertus qui font tes injustices,
Qui de tes attentats sont en toi les complices;
Ta funeste bonté qui fait aimer tes fers,
Et qui n'est qu'un appas pour tromper l'univers.

CÉSAR.

Ah! c'est ce qu'il fallait reprocher à Pompée :
Par sa feinte vertu la tienne fut trompée.
Ce citoyen superbe, à Rome plus fatal,
N'a pas même voulu César pour son égal.
Crois-tu, s'il m'eût vaincu, que cette ame hautaine
Eût laissé respirer le liberté Romaine?
Ah! sous un joug de fer il t'auroit accablé.
Qu'eût fait Brutus alors?

BRUTUS.

Brutus l'eût immolé.

CÉSAR.

Voilà donc ce qu'enfin ton grand cœur me destine?
Tu ne t'en défends point, tu vis pour ma ruine,
Et tu ne veux plus voir qu'un tyran dans César.
Viens, cruel, dans mon sein enfoncer le poignard.

BRUTUS.

Parle moins haut, César, c'est Brutus qui t'écoute.

CÉSAR.

Brutus veut-il, hélas, que César le redoute?

BRUTUS.

Il le devrait du moins : mais préviens ma fureur.
Qui peut te retenir?

CÉSAR. *Il lui présente la lettre de Servilie.*

La nature et mon cœur.
Lis, ingrat, lis, connais le sang que tu m'opposes;
Vois qui tu peux haïr, et poursuis si tu l'oses.

BRUTUS.

Où suis-je? Qu'ai-je lu? Me trompez-vous, mes yeux?

CÉSAR.

Eh bien! Brutus, mon fils!

BRUTUS.

Lui, mon père! grands dieux!

CÉSAR.

Oui, je le suis, ingrat: quel silence farouche,
Que dis-je? quels sanglots échappent de ta bouche?
Mon fils!... Quoi! je te tiens muet entre mes bras?
La nature s'étonne, et ne s'attendrit pas!

BRUTUS.

O sort épouvantable, et qui me désespère!
O sermens! ô patrie! ô Rome toujours chère!
César!... Ah! malheureux, j'ai trop long-tems vécu!

CÉSAR.

Parle. Quoi, d'un remords ton cœur est combattu?
Ne me déguise rien. Tu gardes le silence?
Tu crains d'être mon fils, ce nom sacré t'offense?
Tu crains de me chérir, de partager mon rang?
C'est un malheur pour toi d'être né de mon sang?
Ah! ce sceptre du monde et ce pouvoir suprême,
Ce César que tu hais, les voulait pour toi-même:
Je voulais partager avec Octave et toi,
Le prix de cent combats, et le titre de roi.

BRUTUS.

Ah! dieux!

CÉSAR.

Tu veux parler, et te retiens à peine?
Ces transports sont-ils donc de tendresse ou de haine?
Quel est donc le secret qui semble t'accabler?

BRUTUS.

César....

CÉSAR.

Eh bien! mon fils?

BRUTUS.

Je ne ne puis lui parler.

CÉSAR.

Tu n'oses me nommer du tendre nom de père?

BRUTUS.

Si tu l'es, je te fais une unique prière.

CÉSAR.

Parle. En te l'accordant je croirai tout gagner.

BRUTUS.

Fais-moi mourir sur l'heure, ou cesse de régner.

CÉSAR.

Ah ! barbare ennemi ! tigre que je caresse !
Ah ! cœur dénaturé qu'endurcit ma tendresse !
Va, tu n'es plus mon fils. Va, cruel citoyen,
Mon cœur désespéré prend l'exemple du tien :
Ce cœur à qui tu fais cette effroyable injure,
Saura bien comme toi vaincre enfin la nature.
Va, César n'est pas fait pour te prier en vain ;
J'apprendrai de Brutus à cesser d'être humain.
Je ne te connais plus. Libre dans ma puissance,
Je n'écouterai plus une injuste clémence.
Tranquille, à mon couroux je vais m'abandonner :
Mon cœur trop indulgent est las de pardonner.
J'imiterai Sylla, mais dans ses violences ;
Vous tremblerez, ingrats, au bruit de mes vengeances.
Va, cruel, va trouver tes indignes amis ;
Tous m'ont osé déplaire, ils seront tous punis.
On sait ce que je puis, on verra ce que j'ose ;
Je deviendrai barbare, et toi seul en est cause.

BRUTUS.

Ah ! ne le quittons point dans ses cruels desseins,
Et sauvons, s'il se peut, César et les Romains.

Fin du second Acte.

ACTE III.

SCÈNE PREMIÈRE.

CASSIUS, CIMBER, DÉCIMUS, CINNA, CASCA, LES CONJURÉS.

CASSIUS.

Enfin donc l'heure approche où Rome va renaître.
La maîtresse du monde est aujoud'hui sans maître ;
L'honneur en est à vous, Cimber, Casca, Probus,
Décime. Encor une heure, et le tyran n'est plus.
Ce que n'ont pu Caton et Pompée, et l'Asie,
Nous seuls l'exécutons, nous vengeons la patrie ;
Et je veux qu'en ce jour on dise à l'univers :
Mortels, respectez Rome, elle n'est plus aux fers.

CIMBER.

Tu vois tous nos amis, ils sont prêts à te suivre,
A frapper, a mourir, à vivre s'il faut vivre ;
A servir le Sénat dans l'un ou l'autre sort,
En donnant à César, ou recevant la mort.

DÉCIMUS.

Mais d'où vient que Brutus ne paraît point encore ;
Lui, ce fier ennemi dn tyran qu'il abhorre ?
Lui qui prit nos sermens, qui nous rassembla tous,
Lui qui doit sur César porter les premiers coups ?
Le gendre de Caton tarde bien à paraître.
Serait-il arrêté ? César peut-il connaître ?...
Mais le voici. Grands dieux ! qu'il paraît abattu !

SCÈNE II.

CASSIUS, BRUTUS, CIMBER, CASCA, DÉCIMUS, LES CONJURÉS.

CASSIUS.

Brutus, quelle infortune accable ta vertu ?
Le tyran sait-il tout ? Rome est-elle trahie ?

BRUTUS.

Non, César ne sait point qu'on va trancher sa vie.
Il se confie à vous.

DÉCIMUS.

Qui peut donc te troubler ?

BRUTUS.

Un malheur, un secret qui vous fera trembler.

CASSIUS.

De nous ou du tyran c'est la mort qui s'apprête,
Nous pouvons tous périr ; mais trembler, nous ?

BRUTUS.

Arrête.
Je vais t'épouvanter par ce secret affreux.
Je dois sa mort à Rome, à vous, à nos neveux,
Au bras des mortels, et j'avais choisi l'heure,
Le lieu, le bras, l'instant où Rome veut qu'il meure :
L'honneur du premier coup à mes mains est remis ;
Tout est prêt. Apprenez que Brutus est son fils.

CIMBER.

Toi, son Fils !

CASSIUS.

De César !

DÉCIMUS.

O Rome !

BRUTUS.

Servilie
Par un hymen secret à César fut unie :
Je suis de cet hymen le fruit infortuné.

CIMBER.

Brutus, fils d'un tyran !

CASSIUS.

Non, tu n'en es pas né,
Ton cœur est trop Romain.

BRUTUS.

Ma honte est véritable.
Vous, amis, qui voyez le destin qui m'accable,
Soyez, par mes sermens les maîtres de mon sort.
Est-il quelqu'un de vous d'un esprit assez fort,
Assez stoïque, assez au-dessus du vulgaire,
Pour oser décider ce que Brutus doit faire ?
Je m'en remets à vous. Quoi ? vous baissez les yeux ?
Toi, Cassius, aussi tu te tais avec eux ?
Aucun ne me soutient au bord de cet abyme ?
Aucun ne m'encourage ou, ou ne m'arrache au crime

Tu frémis, Cassius! et prompt à t'étonner...

CASSIUS.

Je frémis du conseil que je vais te donner.

BRUTUS.

Parle.

CASSIUS.

Si tu n'étais qu'un citoyen vulgaire,
Je te dirais : va, sers, sois tyran sous ton père;
Écrase cet état que tu dois soutenir;
Rome aura désormais deux traîtres à punir:
Mais je parle à Brutus, à ce puissant génie,
A ce héros armé contre la tyrannie,
Dont le cœur inflexible, au bien déterminé,
Épura tout le sang que César t'a donné.
Écoute. Tu connais avec quelle furie
Jadis Catilina menaça sa patrie.

BRUTUS.

Oui.

CASSIUS.

Si le même jour que ce grand criminel
Dût à la liberté porter le coup mortel;
Si, lorsque le Sénat eût condamné ce traître,
Catilina pour fils t'eût voulu reconnaître;
Entre ce monstre et nous forcé de décider,
Parle, qu'aurais-tu fait?

BRUTUS.

Peux-tu le demander?
Penses-tu qu'un instant ma vertu démentie,
Eût mis dans la balance un homme et la patrie?

CASSIUS.

Brutus, par ce seul mot ton devoir est dicté;
C'est l'arrêt du Sénat, Rome est en sûreté.
Mais, dis, sens-tu ce trouble et ce secret murmure,
Qu'un préjugé vulgaire impute à la nature?
Un seul mot de César a-t-il éteint dans toi
L'amour de ton pays, ton devoir et ta foi?
En disant ce secret, ou faux, ou véritable,
En t'avouant pour fils, en est-il moins coupable?
En es-tu moins Brutus? en es-tu moins Romain?
Nous dois-tu moins ta vie, et ton cœur et ta main?
Toi, son fils! Rome enfin n'est-elle plus ta mère?
Chacun des conjurés n'est-il donc plus ton frère?
Né dans nos murs sacrés, nourri par Scipion,
Élève de Pompée, adopté par Caton,

Ami de *Cassius*, que veux-tu davantage?
Ces titres sont sacrés, tout autre les outrage.
Qu'importe qu'un tyran, vil esclave d'amour,
Aït séduit Servilie, et t'aït donné le jour?
Laisse-là les erreurs et l'hymen de ta mère;
Caton forma tes mœurs, Caton seul est ton père:
Tu lui dois ta vertu, ton ame est toute à lui,
Brise l'indigne nœud que l'on t'offre aujourd'hui.
Qu'à nos sermens communs ta fermeté réponde,
Et tu n'as de parens que les vengeurs du monde.

BRUTUS.

Et vous, braves amis, parlez, que pensez-vous?

CIMBER.

Jugez de nous par lui, jugez de lui par nous.
D'un autre sentiment si nous étions capables,
Rome n'aurait point eu des enfans plus coupables.
Mais à d'autres qu'à toi pourquoi t'en rapporter?
C'est ton cœur, c'est Brutus qu'il te faut consulter?

BRUTUS.

Eh bien! à vos regards mon ame est dévoilée,
Lisez-y les horreurs dont elle est accablée.
Je ne vous cèle rien, ce cœur s'est ébranlé,
De mes stoïques yeux des larmes ont coulé.
Après l'affreux serment que vous m'avez vu faire,
Prêt à servir l'état, mais à tuer mon père,
Pleurant d'être son fils, honteux de ses bienfaits,
Admirant ses vertus, condamnant ses forfaits,
Voyant en lui mon père, un coupable, un grand homme,
Entraîné par César, et retenu par Rome,
D'horreur et de pitié mes esprits déchirés
Ont souhaité la mort que vous lui préparez.
Je vous dirai bien plus, sachez que je l'estime:
Son grand cœur me séduit au sein même du crime;
Et si sur les Romains quelqu'un pouvait régner,
Il est le seul tyran que l'on dût épargner.
Ne vous alarmez point: ce nom que je déteste,
Ce nom seul de tyran l'emporte sur le reste.
Le Sénat, Rome et vous, vous avez tous ma foi:
Le bien du monde entier me parle contre un roi.
J'embrasse avec horreur une vertu cruelle,
J'en frissonne à vos yeux; mais je vous suis fidèle.
César me va parler: que ne puis-je aujourd'hui
L'attendrir, le changer, sauver l'état et lui!
Veuillent les immortels, s'expliquant par ma bouche,

Prêter à mon organe un pouvoir qui le touche?
Mais si je n'obtiens rien de cet ambitieux,
Levez le bras, frappez, je détourne les yeux.
Je ne trahirai point mon pays et mon père ;
Que l'on aprouve ou non ma fermeté sévère.
Qu'à l'univers surpris cette grande action
Soit un objet d'horreur ou d'admiration:
Mon esprit peu jaloux de vivre en la mémoire,
Ne considère point le reproche ou la gloire;
Toujours indépendant, et toujours citoyen,
Mon devoir me suffit, tout le reste n'est rien.
Allez, ne songez plus qu'à sortir d'esclavage.

CASSIUS.

Du salut de l'état ta parole est le gage.
Nous comptons tous sur toi, comme si dans ces lieux
Nous entendions Caton, Rome même et nos dieux.

SCÈNE III

BRUTUS *seul.*

Voici donc le moment où César va m'entendre;
Voici ce capitole où la mort va l'attendre.
Épargnez-moi, grands dieux, l'horreur de le haïr!
Dieux, arrêtez ces bras levés pour le punir!
Rendez, s'il se peut, Rome à son grand cœur plus chère,
Et faites qu'il soit juste afin qu'il soit mon père.
Le voici. Je demeure immobile, éperdu.
O mânes de Caton, soutenez ma vertu!

SCÈNE IV.

CÉSAR BRUTUS.

CÉSAR.

Eh bien! que veux-tu? Parle. As-tu le cœur d'un homme?
Es-tu fils de César?

BRUTUS.

Oui, si tu l'es de Rome.

CÉSAR.

Républicain farouche, où vas-tu t'emporter?
N'as-tu voulu me voir que mieux m'insulter?

Quoi ! tandisque sur toi mes faveurs se répandent,
Que du monde soumis les hommages t'attendent,
L'empire, mes bontés, rien ne fléchit ton cœur ?
De quel œil vois-tu donc le sceptre ?

BRUTUS.

Avec horreur.

CÉSAR.

Je plains tes préjugés, je les excuse même.
Mais peux-tu me haïr ?

BRUTUS.

Non, César, et je t'aime ;
Mon cœur par tes exploits fut pour toi prévenu
Avant que pour ton sang tu m'eûsses reconnu.
Je me suis plaint aux dieux de voir qu'un si grand homme
Fût à la fois la gloire et le fléau de Rome.
Je déteste César avec le nom de roi ;
Mais César citoyen seroit un dieu pour moi :
Je lui sacrifierais ma fortune et ma vie.

CÉSAR.

Que peux-tu donc haïr en moi ?

BRUTUS.

La tyrannie.
Daigne écouter les vœux, les larmes, les avis
De tous les vrais Romains, du Sénat, de ton fils.
Veux-tu vivre en effet le premier de la terre,
Jouir d'un droit plus saint que celui de la guerre,
Être encor plus que roi, plus même que César ?

CÉSAR.

Eh bien !

BRUTUS.

Tu vois la terre enchaîné à ton char ;
Romps nos fers, sois Romain, renonce au diadême.

CÉSAR.

Ah ! que proposes-tu ?

BRUTUS.

Ce qu'a fait Sylla même.
Long-tems dans notre sang Sylla s'était noyé,
Il rendit Rome libre, et tout fut oublié.
Cet assassin illustre entouré de victimes,
En descendant du trône effaça tous ses crimes.
Tu n'eus point ses fureurs, ose avoir ses vertus ;
Ton cœur sut pardonner, César, fais encore plus.
Mérite qu'un grand peuple à son tour te pardonne ;
Et que du seul laurier ta tête se couronne.

Alors plus qu'à ton rang nos cœurs seront soumis ;
Alors tu sais régner, alors je suis ton fils.
Quoi ! je te parle en vain ?

CÉSAR.

Rome demande un maître.
Un jour à tes dépens tu l'apprendras peut-être.
Tu vois nos citoyens plus puissans que des rois :
Nos mœurs changent, Brutus, il faut changer nos loix.
La liberté n'est plus que le droit de se nuire ;
Rome qui détruit tout semble enfin tout détruire :
Ce colosse effrayant dont le monde est foulé,
En pressant l'univers est lui-même ébranlé.
Il penche vers sa chûte, et contre la tempête
Il demande mon bras pour soutenir sa tête ;
Enfin, depuis Sylla, nos antiques vertus,
Les loix, Rome et l'état sont des noms superflus.
Dans nos tems corrompus, pleins de guerres civiles,
Tu parles comme au tems des Déces, des Émiles ;
Caton t'a trop séduit, mon cher fils, je prévois
Que ta triste vertu perdra l'état et toi.
Fais céder, si tu peux, ta raison détrompée,
Au vainqueur de Caton, au vainqueur de Pompée,
A ton père qui t'aime, et qui plaint ton erreur.
Sois mon fils en effet, Brutus, rends-moi ton cœur ;
Prends d'autres sentimens, ma bonté t'en conjure ;
Ne force point ton ame à vaincre la nature.
Tu ne me réponds rien ; tu détournes les yeux ?

BRUTUS.

Je ne me connais plus. Tonnez sur moi, grands dieux !
César......

CÉSAR.

Quoi ! tu t'émeus ? ton ame est amollie ?
Ah ! mon fils !

BRUTUS.

Sais-tu bien qu'il y va de ta vie ?
Sais-tu que le Sénat n'a point de vrai Romain
Qui n'aspire en secret à te percer le sein ?

Il se jette à ses genoux.

Que le salut de Rome, et que le tien te touche,
Ton génie alarmé te parle par ma bouche ;
Il me pousse, il me presse, il me jette à tes pieds.
Au nom de tes devoirs dans ton cœur oubliés,
Au nom de tes vertus, de Rome et de toi-même,
Dirai-je, au nom d'un fils qui frémit et qui t'aime,

Qui te préfère au monde, et Rome seule à toi,
Ne me rebute pas.

CÉSAR.

Malheureux, laisse-moi.
Que me veux-tu?

BRUTUS.

Crois-moi, ne sois pas insensible.

CÉSAR.

L'univers peut changer; mon ame est inflexible.

BRUTUS.

Voilà donc ta réponse?

CÉSAR.

Oui. Tout est résolu.
Rome doit obéir, quand César a voulu.

BRUTUS *d'un air consterné.*

Adieu, César.

CÉSAR.

Eh quoi! d'où viennent tes alarmes?
Demeure encor, mon fils. Quoi! tu verses des larmes?
Quoi! Brutus peut pleurer! est-ce d'avoir un roi?
Pleures-tu les Romains?

BRUTUS.

Je ne pleure que toi.
Adieu, te dis-je

CÉSAR.

O Rome! ô rigueur héroïque!
Que ne puis-je à ce point aimer ma république!

SCÈNE V.

CÉSAR, DOLABELLA, ROMAINS.

DOLABELLA.

Le Sénat par ton ordre au temple est arrivé;
On n'attend plus que toi, le trône est élevé.
Tout ceux qui t'ont vendu leur vie et leurs suffrages
Vont prodiguer l'encens au pied de tes images.
J'amène devant toi la foule des Romains;
Le Sénat va fixer leurs esprits incertains.
Mais si César croyait un vieux soldat qui l'aime,
Nos présages affreux, nos devins, nos dieux même,
César différerait ce grand événement.

CÉSAR.

Quoi ! lorsqu'il faut régner, différer un moment !
Qui pourrait m'arrêter, moi ?

DOLABELLA.

Toute la nature
Conspire à t'avertir par un sinistre augure ;
Le ciel qui fait les rois redoute ton trépas.

CÉSAR.

Va, César n'est qu'un homme, et je ne pense pas
Que le ciel de mon sort à ce point s'inquiette ;
Qu'il anime pour moi la nature muette,
Et que les élémens paraissent confondus
Pour qu'un mortel ici respire un jour de plus.
Les dieux du haut du ciel ont compté nos années ;
Suivons sans reculer nos hautes destinées.
César n'a rien à craindre.

DOLABELLA.

Il a des ennemis,
Qui sous un joug nouveau sont à peine asservis.
Qui sait s'ils n'auraient point conspiré leur vengeance ?

CÉSAR.

Ils n'oseraient.

DOLABELLA.

Ton cœur a trop de confiance.

CÉSAR.

Tant de précautions contre mon jour fatal
Me rendraient méprisable et me défendraient mal.

DOLABELLA.

Pour le salut de Rome il faut que César vive :
Dans le Sénat au moins permets que je te suive.

CÉSAR.

Non ; pourquoi changer l'ordre entre nous concerté ?
N'avançons point, ami, le moment arrêté :
Qui change ses desseins découvre sa faiblesse.

DOLABELLA.

Je te quitte à regrêt. Je crains, je le confesse ;
Ce nouveau mouvement dans mon cœur est trop fort.

CÉSAR.

Va, j'aime mieux mourir que de craindre la mort.
Allons.

SCÈNE VI.

DOLABELLA, ROMAINS.

DOLABELLA.

Chers citoyens, quel héros, quel courage
De la terre et de vous méritaient mieux l'hommage?
Joignez vos vœux aux miens, peuples qui l'admirez,
Confirmez les honneurs qui lui sont préparés.
Vivez pour le servir, mourrez pour le défendre....
Quels clameurs, ô ciel! quels cris se font entendre!

LES CONJURÉS *derrière le théâtre.*

Meurs, expire, tyran. Courage, Cassius.

DOLABELLA.

Ah! courons le sauver.

SCÈNE VII.

CASSIUS *un poignard à la main*, CIMBER, DÉCIMUS, DOLABELLA, ROMAINS.

CASSIUS.

C'en est fait, il n'est plus.

DOLABELLA.

Peuples, secondez-moi: frappons, perçons ce traître!

CASSIUS.

Peuples, imitez-nous: vous n'avez plus de maître!
César vous asservit, son sang est répandu.
Est-il quelqu'un de vous de si peu de vertu,
D'un esprit si rampant, d'un si faible courage,
Qu'il puisse regretter César et l'esclavage?
Quel est ce vil Romain qui veut avoir un roi?
S'il en est un, qu'il parle et qu'il se plaigne à moi.

CIMBER.

Périsse le dernier de cette race impie,
Qui veut que sous ses loix un peuple s'humilie!
Un roi! mon sang bouillonne à ce nom exécré!
Quel monstre revêtu de ce titre abhorré,
Oserait aux Romains offrir l'aspect d'un maître?

En tirant de son sein un poignard.

Voilà pour le brigand qui prétendrait à l'être!

(*Les Romains tirent leurs épées, et imitent le mouvement de Cimber.*)

CASSIUS

CASSIUS.

Vainqueurs du monde entier, de Rome heureux enfans,
Conservez à jamais ces nobles sentimens;
Je sais que devant vous Antoine va paraître:
Amis, souvenez-vous que César fut son maître,
Qu'il a servi sous lui, dès ses plus jeunes ans,
Dans l'école du crime et dans l'art des tyrans.
Il vient justifier son maître et son empire;
Il vous méprise assez pour penser vous séduire.
Sans doute il peut ici faire entendre sa voix;
Telle est la loi de Rome et j'obéis aux loix:
Le peuple est désormais leur organe suprême,
Le juge de César, d'Antoine, de moi-même.

CIMBER.

Par le fer de Brutus le peuple a tout jugé;
Il se lève, et du monstre un sol libre est purgé.

DOLABELLA.

Odieux assassin, républicain farouche,
Le mot qui te condamne est sorti de ta bouche.
Tu dis que par le fer d'insolens factieux
Le jugement de Rome éclatte à tous les yeux:
Ainsi de ses forfaits ton lâche cœur abuse;
C'est dans un attentat qu'il cherche son excuse.
Eh bien, le même fer, en te perçant le sein,
Attestera ton crime aux yeux du genre humain.

CIMBER.

Des suppôts d'un tyran je crains peu la menace;
Leur lâcheté voudrait se sauver par l'audace;
Mais cette audace même, au vrai républicain
Ne saurait inspirer que mépris, que dédain.
Dolabella, je lis au fond de ta pensée:
Tu crois qu'en agitant une tourbe insensée,
Par toi le peuple entier pourrait être séduit;
Esclave, connais mieux l'instinct qui le conduit.
Des plus astucieux il sait tromper l'attente;
Il est juste, il voit tout, et sa masse imposante
Ne se lève jamais que contre son tyran.
Le peuple souverain n'offre rien que de grand;
Lui-même couvrira de toute sa puissance,
Les hommes généreux qui prennent sa défense.

DOLABELLA.

Est-ce en assassinant que l'on défend ses droits?

CASSIUS.

Oui, c'est le fer en main que l'on juge les rois.

Qui règne, doit mourir ; telle est la loi suprême
D'un peuple qui né fier, se respecte lui-même.
La justice éternellle a de ses droits sanglans
Gravé l'arrêt de mort sur le front des tyrans.
L'esclave seul qu'enchaîne une crainte invincible,
N'ose lever les yeux sur cet arrêt terrible ;
Mais l'homme courageux dont il arme le bras,
Délivre son pays : il n'assassine pas.
A la vertu le sceptre indique la victime ;
L'assassin de César n'est autre que son crime.

DOLABELLA.

Son crime ! quel est-il ?

CASSIUS.

Il régna, c'est assez.

DOLABELLA.

Dis qu'il daignait se rendre à nos vœux empressés,
Qu'il nous voulait heureux....

CASSIUS.

Quel esclave peut l'être ?

DOLABELLA.

Quel ami fut César !

CASSIUS.

Un ami dans un maître !

SCÈNE VIII.

LES ACTEURS PRÉCÉDENS, ANTOINE, DÉCIMUS, LE PEUPLE ROMAIN.

CIMBER.

Mais Antoine paraît : qu'espère-t-il de nous,
Lorsque César lui-même est tombé sous nos coups ?

DÉCIMUS.

D'un lâche courtisan que pourrait l'artifice,
Quand sur le roi du monde a frappé la justice ?

ANTOINE.

Romains, César n'est plus....

CASSIUS.

Il mérita son sort.

ANTOINE.

Il meurt assassiné.

CASSIUS.

Rome vit par sa mort.

ANTOINE.

Affreux événement ! ô spectacle funeste !
Du plus grand des Romains voilà ce qui vous reste !

CASSIUS.

Du dernier des tyrans les crimes sont punis.

ANTOINE.

Romains, soulevez-vous !

CASSIUS.

Romains, restons unis.

ANTOINE.

Oui, nous devons tous l'être en voyant la victime ;
Oui, réunissons-nous, mais c'est contre le crime.
Sachez par quelle main le meurtre s'est commis :
L'assassin de César, Brutus était son fils.

CASSIUS.

Dans Rome un vrai Romain voit sa famille entière.

ANTOINE.

Apprenez de César la volonté dernière.
Si Brutus est son fils, vous tous qui m'écoutez,
Vous étiez ses enfans dans son cœur adoptés.
Pour qui réservait-il le fruit de ses conquêtes ?
Des dépouilles du monde il couronnait vos têtes ;
Il vous léga ses biens, vous en allez jouir.

CASSIUS.

Arrête, c'est assez vouloir nous avilir.
Voilà comme un despote enrichi de pillage,
Veut même après sa mort nous vendre l'esclavage.
Cesse, ami d'un tyran, tes discours superflus ;
Rome est libre aujourd'ui, tout Romain est Brutus.
Va, nous le pénétrons, ce n'est pas la vengeance,
C'est en toi le desir de la toute puissance,
Lâche, qui pour César a pu t'intéresser :
Tu ne pleures sa mort que pour le remplacer.
De tes sombres projets reçois les justes peines ;
Tu veux nous asservir, tu dois porter des chaînes.
Licteurs, qu'on le saisisse au nom du souverain.

ANTOINE.

Cassius est-il donc roi du peuple Romain ?

CASSIUS.

Roi !... qui ?... moi ?... Cassius ?... Antoine, vois ce glaive,
Qui pour frapper encor malgré moi se soulève ;
Le vois-tu tout fumant du sang qu'il a versé ?
Eh bien ! si je pouvais me croire menacé
De voir un jour mon front souillé du diadême,

Tu le verrais, ce fer tourné contre moi-même:
Heureux, si par ce trait Cassius expirant
Montrait toute l'horreur qu'il a pour un tyran.

DÉCIMUS.

Vois dans chaque Romain, vois un tyrannicide.

CIMBER.

Que la main de Brutus saintement parricide,
Se retrouvant par-tout où se rencontre un roi,
Porte à tous les tyrans et la mort et l'effroi.

ROMAINS.

Que l'ami de César ainsi que lui périsse.

ANTOINE.

La liberté triomphe.

CASSIUS.

Et voilà ton supplice.

ROMAINS.

Aux vengeurs de l'état nos cœurs sont assurés.

CASSIUS.

Souvenez-vous toujours de ses sermens sacrés;
Mais avant tout, Romains, songez à la patrie,
Estimez vos vengeurs, mais point d'idolatrie.
Vous rentrez dans vos droits indignement perdus;
César vous les ravit, ils vous sont tous rendus.
Qu'à les défendre, amis, chacun de vous s'apprête;
Il faut la conserver cette grande conquête.
Peut-être avant la fin de ce jour solennel,
Vous aurez à combattre et le trône et l'autel;
César pour le venger, laisse en perdant la vie,
Les suppôts du mensonge et de la tyrannie.
Mais aucune frayeur ne doit nous captiver:
Qui veut rompre ses fers, doit savoir tout braver.
Qu'importe la mort même à l'homme de courage?
L'être libre par elle échappe à l'esclavage;
Et si la liberté pouvait jamais périr,
Cassius ne voudrait que l'honneur de mourir.

CIMBER.

Le même sentiment nous presse, nous anime.

DÉCIMUS.

Cimber t'annonce, ami, ce que pense Décime.

CASSIUS.

Eh bien! affermissons le règne heureux des loix,
Et ne portons le joug des prêtres ni des rois;
C'en est fait, désormais ne souffrons rien dans Rome,
Qui puisse dégrader la dignité de l'homme.

Assez et trop long-tems des tyrans odieux
Ont caché leur faiblesse en s'entourant des dieux.
Laissons aux imposteurs le besoin de séduire ;
Sur nous, sur l'univers la vérité va luire.
Républicains, voilà votre divinité :
C'est le dieu de Brutus, l'auguste liberté.

SCÈNE DERNIÈRE.

LES ACTEURS PRÉCÉDENS, BRUTUS *aux pieds de la statue de la liberté.*

BRUTUS.

DAIGNE entendre mes vœux, divinité chérie ;
Veille sur nos destins, veille sur ma patrie.
Grands dieux! si cette main en s'armant d'un poignard,
N'eût servi qu'aux desseins des rivaux de César!...
Éloigne des terreurs qui r'ouvrent ma blessure.
Je pouvais pour toi seul oublier la nature;
Pour toi seule à César j'ai pu donner la mort,
Pour toi seule aujourd'hui Brutus peut vivre encor,
S'il faut par d'autre sang affermir ton empire,
Ah! que Rome soit libre et que Brutus expire.

CASSIUS.

Formons les mêmes vœux aux pieds de cet autel ;
Mourir pour son pays, c'est se rendre immortel.

ROMAINS.

Nous jurons d'imiter son courage héroïque.
VIVE LA LIBERTÉ ! VIVE LA RÉPUBLIQUE !

Fin du troisième et dernier Acte.

Nouveau dénouement de la mort de César

actes 3ème

Scène sixième

dolabella romains

Dolabella

« — chers citoyens, quel héros, quel courage
« de la terre et de vous méritait mieux l'hommage
« joignez vos vœux aux miens, peuple qui l'admirez.
« confirmez les honneurs qui lui sont préparés.
« vivez pour le servir, mourez pour le défendre . .
« quelles clameurs, ô ciel! quels cris se font entendre?

Les conjurés (derrière le théâtre)

« Meurs, expire, tiran, . . courage Cassius . . .

Dolabella

« ah! courez le sauver . . .

Scène 7ème

Cassius (un poignard à la main)
Cimber décime dolabella

Romains

Cassius

… « c'en est fait = il n'est plus. »

Dolabella

« peuples seconday moi, frappons ~~fra~~ perçons le traître

Cassius

« peuples imitez moi, vous n'avez plus de maître,
« Cezar vous asservit, son sang est répandu
« est-il quelqu'un de vous, de si peu de vertu
« d'un Esprit si rampant, d'un si faible courage,
« qu'il puisse regretter Cézar est l'esclavage
« quel est ce vil romain qui veut avoir un roi?
« s'il en est un qu'il parle et qu'il se plaigne à moi »

Dolabella

je serai le romain que révolte le crime,
qui regrette en Cézar un héros magnanime
quels destins préparait le généreux vainqueur
à rome, au monde entier qu'étonna sa valeur!

Cassius

Cézar a, dans un jour, ternit toute sa gloire
en dépouillant son front du prix de la victoire
j'adorais dans Cézar l'intrépide Guerrier,
mais dès que la couronne a flétri son laurier,
un sentiment plus fort, l'amour de la patrie

M'a bientot fait rougir de mon idolâtrie.
je n'ai vu, dans César, qu'un vil usurpateur,
qu'un tyran couronné digne de ma fureur.
Du sang des Malheureux, si la terre est rougie
il existe des rois, ce sang là vous le crie.

Dolabella

le sceptre d'un bon roi sur un peuple soumis
pèse moins que le joug de ses trop fiers amis.

Décime

de tes rois trop vantés, le meilleur est un maître
(en brandissant son poignard.)
" Voila pour le brigand qui prétendrait à l'être, "

Cassius

" maître du monde entier de rome heureux enfants
" Conservez à jamais ces nobles sentimens.
" je sais que, devant vous, antoine va paraître,
" amis souvenez vous que César fut son maître,
" qu'il a servi sous lui des ses plus jeunes ans
" dans l'école du crime et dans l'art des tyrans.
" il vient justifier son maître et son Empire
" il vous Méprise assez pour penser vous séduire.
" sans doute il peut ici faire entendre sa voix
" telle est la loi de rome, et j'obéis aux lois.
" le peuple est désormais leur organe suprême
" le juge de César, d'antoine de moi même.

~~Ciber~~

Cimber

par le fer de Brutus le peuple a prononcé :
Sur le corps de Cezar le trône est renversé

Dolabella

odieux assassin, républicain farouche,
le mot qui te condamne ~~est sorti~~ de ta Bouche
tu dis que par le fer de quelques factieux
le jugement de rome éclate à tous les yeux ! . . .
ainsi de tes forfaits ton lâche Cœur abuse :
C'est dans un attentat qu'il trouve son excuse :
tel un prêtre s'armant de son couteau sacré
interroge le flanc par sa main déchiré ;
tel aux pieds de nos dieux un insensible augure
pour tromper les mortels outrage la nature :
Crains aussi qu'un poignard, en te perçant le sein
N'atteste un jour ton Crime aux yeux du genre humain

Cimber

des suppôts d'un tyran je crains peu la menace
leur lâcheté voudrait se sauver par l'audace
Mais cette audace même au vrai républicain
Ne saurait inspirer que mépris, que dédain.
Dolabella, je lis au fond de ta pensée.
tu crois qu'en agitant une tourbe insensée

par toi le peuple entier pourrait être séduit!
esclave, connais mieux l'instinct qui le conduit.
des plus astucieux il sait tromper l'attente
il est juste, il voit tout, et sa masse imposante
Ne se élève jamais que contre son tyran
Le peuple souverain n'offre rien que de grand.

Dolabella

Ce géant à cent bras que tout succès enivre
pourra bien se lever, mais c'est pour te poursuivre
trop souvent inquiet de sa propre grandeur
prodigue également d'amour et de fureur,
inconstant dans ses gouts, ingrat, léger, frivole
C'est pour la renverser, qu'il se crée une idole.
Compte ses favoris trop tard désabusés.

Cassius

tu peints un peuple esclave et nos fers sont brisés.
lui même couvrira de toute sa puissance
les hommes généreux qui prennent sa défense.

Dolabella

Est-ce en assassinant que l'on défend ses droits?..

Cassius

C'est le fer à la main, que l'on juge les rois.
qui nous asservit meurt.. telle est la loi suprême
d'un peuple qui, né fier, se respecte lui même

la justice éternelle a de ses doigts sanglans
gravé l'arrêt de mort sur le front des tyran[s]
l'Esclave dégradé, le front bas, insensible
n'ose lever les yeux sur cet arrêt terrible
Mais l'homme courageux dont il arme le bra[s]
délivre son pays il n'assassine pas.
à la vertu le sceptre indique la victime
l'assassin de César n'est autre que son crime !

Dolabella

son crime ! .. quel est-il ? de vouloir, d'accepter
le sceptre qu'à pompée il osa disputer ? ..

Cassius

Esclave de César, respecte le grand homme
qui voulait affranchir et non subjuguer rom[e]

Dolabella

il fallait pour venger ce superbe romain
immoler son vainqueur les armes à la main.
le poignard fut toujours l'arme vile d'un traître
quel ami fut César ! ...

Cassius

... un ami dans un maître ? ..

Scène 8ème

les acteurs précédens, antoine, le peuple romains

Cimber

Mais antoine paraît; qu'espère-t-il de nous,
lorsque César lui même est tombé sous nos coups?

Décime

D'un lâche Courtisan que pourrait la Justice
quand sur le roi du monde a frappé la justice

Antoine

Romains, César n'est plus!...

Cassius

... il mérita son sort.

antoine

il meurt assassiné!...

Cassius

... rome dit par sa mort.

antoine (en montrant le corps de César au fond du théâtre)
« affreux évènement. o spectacle funeste!
« du plus grand des romains voila ce qui vous reste.

~~Dolabella~~ Cassius

d'un tyran trop fameux les crimes sont punis

Antoine

Romains, soulevez-vous.

Cassius

... romains restons unis.

Antoine

oui, nous devons tous l'être en voyant la victime
oui, réunissons-nous, mais c'est contre le crime
sachez par quelle main le meurtre s'est commis
l'assassin de César, Brutus était son fils ! ...

Cassius

dans rome un vrai romain voit sa famille entière

Antoine

apprenez de César la volonté dernière :
si Brutus est son fils, vous tous qui m'écoutez
vous étiez ses enfants dans son cœur adoptés !
« a-t-il gardé pour lui le fruit de ses conquêtes ?..
« des dépouilles du monde il couronne vos têtes ;
« ses trésors sont vos biens vous en allez jouir..

Cassius

arrête : c'est assez vouloir nous avilir.
voilà comme un despote enrichi de pillage
peut même après sa mort nous vendre l'esclavage
cesse, ami d'un tyran tes discours superflus.
rome est libre aujourd'hui tout romain est Brutus

Va, nous te pénétrons : ce n'est pas la vengeance
C'est en toi le désir de la toute puissance :
lâche, qui pour César à pu t'intéresser
tu ne pleures sa Mort que pour le remplacer :
Mais de l'état en vain tu veux saisir les rênes
et de tes faibles mains Nous imposer des chaînes.
licteurs, qu'on le saisisse au nom du souverain

Antoine

Est-ce un roi qui vous dit : arrêtez un romain ?

Cassius

Roi ! qui... moi ? .. Cassius ! ... Antoine, vois ce glaive
qui pour frapper encore malgré moi se soulève
le vois tu tout couvert du sang qu'il a versé ?
eh bien ! si je pouvais me croire ménacé
de voir un jour mon front souillé du diadême
tu le verrais ce fer tourné contre moi-même.
heureux si par ce trait Cassius expirant
Montrait toute l'horreur qu'il a pour un tyran

Antoine

Ciel ! j'apperçois du sang sur ce glaive homicide !

Cimber

que la main de Brutus saintement parricide

porte à tous les tyrans et la mort et l'effroi.

Antoine

fuyons les assassins, romains et suivez moi.

Dolabella

~~sur ta tombe~~, César, que le dernier périsse!

(les romains passent tous du coté de cassius et les licteurs se saisissent d'antoine et de dolabella)

antoine (au désespoir et d'une voix étouffée)

la liberté triomphe!...

Cassius

et voila ton supplice.

Scène 9ème

Cassius, Cimber, décime, et les autres conjurés, à l'exception de brutus... romains

Romains

« aux vengeurs de l'état nos cœurs sont assurés.

Cassius

« Souvenez-vous toujours de ces sermens sacrés.
mais avant tout romains songez à la patrie
estimez vos vengeurs, mais point d'idolâtrie
« vous rentrez dans vos droits indignement perdus
César vous les ravit, ils vous sont tous rendus
qu'à les défendre, amis, chacun de nous s'apprête

il faut la conserver cette grande conquête
peut-être avant la fin de ce jour solennel
vous aurez à combattre et le trône et l'autel.
ne nous endormons point dans l'excès du délire
il ne faut point, hélas, qu'un jour on puisse dire,
sous le fer de Brutus César lui seul mourut.
l'affreuse tyrannie au tyran survécut.
César, pour le venger laisse, en perdant la vie,
les suppôts du mensonge et de la tyrannie.
que de périls encore il nous faudra braver!
mais aucune frayeur ne doit nous captiver.
l'homme, quand il le veut, échappe à l'esclavage,
s'il succombe, il lui reste un fer et son courage
ah! si la liberté pouvait jamais périr.
Cassius, ne voudrait que l'honneur de mourir.

UN romain

le même sentiment Cassius, nous anime.
vivre libre ou mourir: tel est le cri sublime
des romains réunis dans ces murs désolés

Cassius

" rappellons y la paix et nos dieux exilés.
" étouffons, des méchans, les fureurs intestines
" et de la liberté réparons les ruines
sachons apprécier le règne heureux des loix

prouvons que les romains n'ont pas besoin de rois.
tombe, avec le tyran tout ce qui, peut dans rome
servir à dégrader la dignité de l'homme.
assez, et trop long-temps des tyrans odieux
ont osé se jouer des hommes et des dieux.
les imposteurs ~~ont~~ [eux] seuls ~~la~~ [ont] besoin de séduire
sur nous, sur l'univers la vérité va luire.
républicains, voila votre divinité,
C'est le dieu de Brutus, le mien, la liberté.

Scène 10eme et dernière

Les acteurs précédens
(Brutus aux pieds de la statue de la liberté)

Brutus

daigne entendre mes vœux, divinité chérie.
veille sur nos destins veille sur ma patrie
grands dieux! si cette main, en s'armant d'un poignard
N'eut servi qu'aux desseins des rivaux de césar!...
éloigne des terreurs qui rouvrent ma blessure
je pouvais, pour toi seule oublier la nature,
pour toi ~~et~~ seule, à césar, j'ai pu donner la mort
pour toi seule, aujourd'hui Brutus peut vivre encor

S'il faut par d'autre sang affermir ton empire
ah! que rome soit libre, et que Brutus expire.

Cassius

formons les même vœux au pied de cet autel,
mourir pour son pays c'est se rendre immortel

Romains

nous jurons d'imiter son courage héroïque
vive la liberté, vive la république.

Les changemens contenus dans ce dénouement dont j'ai ce jour donné copie à monsieur Brachot sont les seuls que je reconnaisse et qu'il ne faut pas confondre avec ceux qu'on a altérés et imprimés à mon insçu à Commune affranchie (Lyon) l'an second de la république chez L. Cutty imprimeur place et maison de la charité.

Paris 4 mai 1829. Gohier

www.ingramcontent.com/pod-product-compliance
Ingram Content Group UK Ltd.
Pitfield, Milton Keynes, MK11 3LW, UK
UKHW032003260826
14628UKWH00005B/2265

9 782019 709648